Romeo und Julia

Spaß am Lesen Verlag
www.spassamlesenverlag.de

Diese Bearbeitung von *Romeo und Julia* in Einfacher Sprache ist zuerst in niederländischer Sprache erschienen. Die Originalfassung wurde von Marianne Höhle 2008 bei dem niederländischen Verlag Eenvoudig Communiceren veröffentlicht.
Die vorliegende Fassung wurde von Bettina Stoll in einfaches Deutsch übersetzt und ist das erste Buch der Reihe "Klassiker" im Spaß am Lesen Verlag.

Text Originalfassung: William Shakespeare
Bearbeitung: Marianne Höhle
Übersetzung: Bettina Stoll
Umschlagmotiv: Shutterstock/Igor Bulgarin
Satz und Gestaltung: Eenvoudig Communiceren
Druck: Easy-to-Read Publications

ISBN 978-3-9813270-8-3

Romeo und Julia

Die berühmte Liebesgeschichte von William Shakespeare nacherzählt von Marianne Höhle

Über Romeo und Julia

Romeo und Julia ist eine alte Liebesgeschichte.
Es ist die bekannteste Liebesgeschichte der Welt.
Gleichzeitig ist es eine sehr traurige Geschichte.
Sie handelt von zwei jungen Menschen.
Diese zwei Menschen heißen Romeo und Julia.
Ihre Geschichte ist das Werk von einem berühmten Schriftsteller. Er lebte vor mehr als 400 Jahren in England.
Sein Name war William Shakespeare.

Shakespeare schrieb viele Theaterstücke.
Diese Stücke werden auch heute noch aufgeführt.
Romeo und Julia ist eines dieser Theaterstücke.

Hier wird dieses Theaterstück nacherzählt.
Die Liebesgeschichte von Romeo und Julia spielt in Italien.
Genauer gesagt in der italienischen Stadt Verona.
Im 16. Jahrhundert.
Damals lebten und dachten die Menschen anders als wir.
Wir finden das heute oft altmodisch.
Sie redeten auch viel vornehmer.
Deshalb können einige Wörter in dem Buch ungewohnt sein.

Doch ein paar Dinge waren nicht anders als heute.
Man verliebte sich zum Beispiel.
Und man stritt sich.

Meine Nacherzählung weicht ein bisschen vom Original ab.
Ich habe einiges weggelassen.
Denn Shakespeares Geschichte ist ziemlich kompliziert.
Ich wollte einen Text schreiben, der leicht zu lesen ist.
Hier und da habe ich auch etwas hinzugefügt.
Um zu erklären, wie das Leben im 16. Jahrhundert war.

Und dann muss ich noch etwas über die Liebe sagen: Im 16. Jahrhundert wurde nicht offen über Sex gesprochen. Das fand man unanständig.
Trotzdem wollten die Menschen darüber reden.
Darum benutzten sie eine Art Geheimsprache.
Eine weiße Taube war zum Beispiel eine schöne Jungfrau.
Saß die Taube in einem Käfig, war eine eingesperrte Jungfrau gemeint.
Und wenn die weiße Taube wegflog, war das Mädchen keine Jungfrau mehr.
Das Mädchen hatte also mit einem Jungen geschlafen.

In der heutigen Zeit wird offen über Sex geredet.
Ohne Tauben und Käfige.
Das habe ich in meiner Nacherzählung auch getan.

Doch eines habe ich nicht geändert:
Die große Liebe zwischen Romeo und Julia.
Und das traurige Ende ihrer Liebe.

Marianne Höhle

Im Text kommen einige ungewohnte Wörter vor. Sie sind unterstrichen und werden in der Wörterliste ab Seite 91 erklärt.

Ein heißer Tag

Romeo geht in der Stadt spazieren.
Das macht er fast jeden Tag.
Er genießt seine Streifzüge.
Er bummelt durch die schmalen Straßen.
Er geht zum Fluss, wo Dienstmädchen Wäsche waschen.
Er schlendert über den Markt.

In Verona ist immer etwas los.
Viele Menschen aus der Umgebung besuchen den Markt.
Hier wird alles Mögliche angeboten:
Werkzeug, Möbel, Obst und Gemüse.
Auch Hühner, Schafe und Kühe.
Die Leute bleiben stehen und plaudern.
Sie lachen und rufen.
Romeo schaut den Menschen auf dem Markt gerne zu.
Vor allem den Dienstmädchen, die Gemüse und Fisch einkaufen.

Es ist ein heißer Tag.
Bei dieser Hitze fällt das Arbeiten schwer.
Auf den Feldern schwitzen die Bauern.
In der Stadt stellen sich die Marktleute ab und zu in den Schatten.

Romeo macht die brennende Sonne nichts aus.
Er muss nicht arbeiten wie die anderen.
Denn Romeos Familie ist reich.
Und reiche Menschen brauchen nicht zu arbeiten.
Sie tun den ganzen Tag das, wozu sie Lust haben.

Romeo setzt sich an den Brunnen.
Dort ist es schön kühl.
Das Wasser spritzt und macht sein Gesicht nass.
Zwei Dienstmädchen lächeln ihm zu.
Sie schöpfen Wasser aus dem Brunnen.
Mit gefüllten Eimern machen sie sich auf den Heimweg.

Am Fluss

Romeo ist letzte Woche 18 Jahre alt geworden.
Dieser Geburtstag ist ein wichtiges Datum.
Mit 18 ist man erwachsen.
Seinen Geburtstag hat Romeo jedoch nicht gefeiert.
Es gab kein Fest und keine Geschenke.
Denn in Verona feiert man keine Geburtstage.
Dafür gibt es andere Feste in der Stadt.
Und zwar ziemlich oft.

Romeo geht am Fluss entlang.
Am Ufer liegen viele Boote. Die meisten gehören den Bauern aus der Umgebung.
Sie bringen morgens ihr Gemüse zum Markt.
Oder ihre Hühner.
Und abends fahren sie mit dem Boot wieder zurück.

Gerade gleitet ein großes Boot den Fluss hinunter.
Darin sitzen ein paar Mädchen und unterhalten sich.
An den Kleidern sieht Romeo, dass sie reich sind.
Heute ist ein schöner Tag für eine Bootsfahrt.
Auf dem Wasser ist es angenehmer als an Land.
Es ist nicht so staubig und nicht so heiß.

Romeo wandert immer am Fluss entlang.
Schließlich erreicht er den Stadtrand.

Aber er geht weiter.
Jetzt fließt der Fluss durch einen Wald.
Die Äste der Bäume ragen ins Wasser.
Romeo kommt gerne hierher.
Vor allem, wenn es so warm ist wie heute.

Am Ufer sitzt sein Freund Mercutio.
Romeo lacht, als er Mercutio sieht.
Mercutio hat die Schuhe ausgezogen.
Seine Füße baumeln im Wasser.
„Was tust du hier am Wasser?“, fragt Romeo.

Mercutio

Mercutio dreht sich um.
Dann erkennt er seinen Freund Romeo und grinst.
„Guten Morgen, mein Freund!“, begrüßt er ihn.
„Das geht doch nicht“, meint Romeo.
Er zeigt auf Mercutios nackte Füße.
„Das machen doch nur Bauern“, sagt er.
„Es ist angenehm kühl“, antwortet Mercutio.

Romeo setzt sich neben Mercutio.
„Früher sprangen wir einfach in den Fluss“,
schwärmt Romeo.
„Ohne Kleider. Erinnerst du dich?“
Mercutio nickt.
„Damals waren wir Kinder“, sagt Mercutio.
„Da durfte man das. Jetzt geht das nicht mehr.“
Romeo schüttelt den Kopf.
„Ja, das ist wirklich schade.“
Er lässt sich rückwärts ins Gras fallen.

Im Schatten der Bäume ist es herrlich.
Romeo schaut nach oben.
Er versucht, durch die Blätter den Himmel zu sehen.
Doch er sieht keinen Himmel.
Dafür sieht er etwas anderes.
Über ihm in dem Baum sitzt ein Mädchen.
Ein wunderschönes Mädchen mit blondem Haar.

Sie schaut erschrocken nach unten.
Dann legt sie einen Finger auf die roten Lippen.
Zum Zeichen, dass Romeo nichts sagen soll.

Romeo sagt nichts.
Aber er starrt weiter nach oben.
Das Mädchen wird verlegen.
Sie gibt ihm wieder ein Zeichen mit der Hand.
Diesmal soll das heißen: Geh weg!
Romeo schüttelt den Kopf.

Auf der Suche nach einer Frau

Auf dem Weg zurück in die Stadt ist Romeo still.
Er muss die ganze Zeit an das Mädchen denken.
Das Mädchen oben im Baum.
Ein solch schönes Mädchen hat er noch nie gesehen.
Aber es war kein reiches Mädchen.
Das sah Romeo an den Kleidern.
Sie trug die Kleider eines Dienstmädchens.

„Romeo, bist du taub?", fragt ihn Mercutio.
Er gibt seinem Freund einen Schubs.
„Ich rede die ganze Zeit mit dir, aber du sagst ja gar nichts."
„Tut mir leid", murmelt Romeo.
„Was hast du gesagt?"
„Ob du mit auf den Ball bei den Orsinis gehst", antwortet Mercutio.
„Man sagt, Rosalinde kommt auch."
Mercutio weiß, dass Romeo in Rosalinde verliebt ist.

„Oh", meint Romeo. „Sie kommt auch? Schön.
Mein Vater will sicher, dass ich hingehe.
Er ist der Ansicht, ich müsse mir eine Frau suchen.
Ich habe ihm gesagt, dass mir Rosalinde gefällt.
Aber für Rosalinde bin ich Luft.
Jetzt muss ich eine andere finden.

Sonst sucht mein Vater eine Frau für mich."
Mercutio nickt.
Es ist die normalste Sache der Welt:
Väter suchen eine Ehefrau für ihre Söhne.

Romeo stammt aus einer reichen Familie.
Seine Frau muss auch aus einer reichen Familie kommen.
Das Mädchen im Baum könnte er niemals heiraten.
Und das weiß Romeo.

Julia

Julia rennt durch den Wald.
Mit den langen Röcken ist das nicht einfach.
Ihr ist furchtbar heiß.
Aber sie muss rechtzeitig zu Hause sein.
Darum beeilt sie sich.

Wie hat sie nur so dumm sein können!
Sie wollte so gerne einmal allein weg.
Reiche Mädchen dürfen das nicht.
Es muss immer eine Anstandsdame dabei sein.
Also dachte Julia: Ich ziehe einfach die Kleider meiner Amme an.
Dann kann ich ohne Begleitung in den Wald.
Und ich nehme einen Korb mit.
Ich tue so, als würde ich Erdbeeren suchen.
Für ein Dienstmädchen ist das nichts Ungewöhnliches.

Im Wald fühlte sich Julia wohl.
Sie beobachtete viele schöne Vögel.
Im Fluss schwamm ein Otter.
Und war das ein Fuchs, der vor ihr weglief?
Ganz sicher war sie sich nicht.

Plötzlich sah sie Mercutio.
Er stieß mit seinem Fuß kleine Steine weg.

Julia kannte ihn.
Sie hatte Angst: Wenn er mich nun erkennt?
Rasch versteckte sie sich hinter einem Baum.
Sie hoffte, Mercutio würde einfach weitergehen.
Aber Mercutio gefiel es hier, genau wie ihr.
Er zog die Schuhe aus und steckte die Füße ins Wasser.
Julia musste heimlich lachen.
Das machten doch nur kleine Kinder!

Und dann passierte etwas.
Langsam näherte sich ihr ein Wildschwein.
Das Schwein bemerkte sie nicht. Zum Glück.
Aber es kam ihr ganz nahe.
Julia wusste, dass Wildschweine gefährlich sein können.
Doch weglaufen hatte keinen Sinn.
Das Wildschwein würde ihr sofort nachrennen.
Also war sie schnell auf den Baum geklettert.

Das verkleidete Fräulein

Vorsichtig schlüpft Julia durch das Gartentor.
Keiner darf sie sehen.
Weder der Gärtner noch die Stalljungen.
Julia hat Glück.
Es ist so heiß, dass sich niemand im Garten aufhält.
Nur der Priester sieht, wie Julia durch den Garten schleicht. Verkleidet als ihre Amme.
Er muss darüber lächeln.

Leise öffnet Julia die Haustür.
Es ist eine schwere Tür mit einem eisernen Ring.
Meistens quietscht sie, aber jetzt nicht.
Das kommt sicher von der Hitze.
Julia ist erleichtert.

Sie schleicht an der Küche vorbei.
Zwei Küchenmädchen helfen dem Koch.
Sie schauen nicht auf.
Rasch geht Julia den Gang entlang.
Die breite Treppe hinauf.
Dann verschwindet sie in ihrem Zimmer.
Niemand hat sie gesehen.
Im Zimmer wartet die Amme auf sie.

„Oh Fräulein, ich machte mir solche Sorgen“, ruft die Amme.

Julia nickt. „Ich auch."
Sie erzählt der Amme von ihrem Abenteuer im Wald.
„Schnell, reiche mir meine Kleider", sagt Julia.
„Und hilf mir beim Ankleiden."
Die Amme hat Julias Kleider schon bereitgelegt.

Julia ist gerade fertig, als der Gong ertönt.
Es ist das Zeichen, dass sie zum Essen kommen soll.
Sie geht die Treppe hinunter in den Speisesaal.

Das Ballkleid

Am Tisch wird nicht gesprochen.
Der Einzige, der etwas sagen darf, ist Julias Vater.
„Bei den Orsinis gibt es einen Ball“, berichtet er seiner Frau.
„Julia hat eine Einladung bekommen.
Sie soll hingehen.
Es wird Zeit, dass sie einen Mann findet.“
Julias Mutter nickt.
Ihr Mann gibt ihr ein Zeichen, dass sie sprechen darf.

„Ich werde morgen mit ihr zum Schneider gehen“, meint die Mutter.
„Julia braucht ein Ballkleid.“
„Ja, tue das“, brummt ihr Mann.
„Suche ein besonders schönes Kleid aus.
Für die schönste aller Töchter.
Sie verdient das schönste Kleid.“

Nach dem Essen wird ein Diener zum Schneider geschickt.
Er kommt mit Zeichnungen von verschiedenen Kleidern zurück.
Ein Kleid ist schöner als das andere.
Julia und ihre Mutter sind stundenlang beschäftigt.
Auf einer Zeichnung gefällt ihnen der Rock.
Auf einer anderen der Kragen.

Auf der dritten die Ärmel.
„Und morgen suchen wir einen Stoff aus“,
beschließt Julias Mutter.
„Ich möchte gerne ein rotes Kleid“, meint Julia.
Doch die Mutter ist dagegen.
„Rot ist keine Farbe für ein junges Mädchen.
Weiß ist gut. Oder Hellblau.“
Julia verzieht das Gesicht.
„Das sind Farben für Kleinkinder.
Ich bin schon 16.“

Natürlich bekommt Julia kein rotes Kleid.
Julia muss tun, was ihre Mutter will.
Man näht für sie ein weißes Ballkleid.
Aber es ist wirklich wunderschön.

Julia träumt von Romeo

Julia kann nicht schlafen.
Im Zimmer ist es sehr warm.
Ihr gehen viele Gedanken durch den Kopf.
Der Ball und das Ballkleid.
Mercutio und das Wildschwein.
Dieser Junge, der unter dem Baum lag.
Und der sie so lange anschaute.
Wenn Julia an ihn denkt, schlägt ihr Herz schneller.

Er hatte nichts gesagt.
Und sie nicht verraten.
Darüber war sie froh gewesen.
Allerdings hatte er sie die ganze Zeit angestarrt.
Das war ziemlich frech. Keine guten Manieren.
Aber er hatte natürlich gedacht, sie sei ein Dienstmädchen.
So war sie schließlich gekleidet gewesen.

Komisch, dass Julia ihn nicht kennt.
Julia kennt die meisten reichen Jungen aus Verona.
Die Reichen der Stadt besuchen sich oft.

Es gibt nur eine Familie, die sie nicht gut kennt.
Das ist die Familie Montague.
Julias Familie hat Streit mit der Familie Montague.
Den Grund weiß keiner mehr.

Es ist schon so lange her.
Aber beendet wurde der Streit bis heute nicht.
Von den Montagues will niemand etwas mit den Capulets zu tun haben.
Und umgekehrt.
Auch die Dienerschaft nicht.

Wer ist der unbekannte Junge?
Julia schließt die Augen.
Dann sieht sie ihn wieder vor sich.
Das lachende Gesicht mit den schönen braunen Augen.
Denkt er vielleicht auch an mich, fragt sich Julia.

Romeo träumt von Julia

Was Julia nicht weiß: Romeo träumt auch von ihr.
Ein solch schönes Mädchen hat er noch nie gesehen.
Diese langen blonden Zöpfe.
Diese himmlisch blauen Augen.
Bei seinen Gängen durch die Stadt wird er ab jetzt gut aufpassen.
Sie wird sicher zum Einkaufen auf den Markt gehen.
Oder am Fluss Wäsche waschen.
Er möchte ihr noch einmal in die Augen schauen.
Und ihr womöglich etwas sagen.
Vielleicht: Komm heute Nacht um zwölf zur Brücke.

Das machen reiche Jungen gerne.
Sich heimlich mit Dienstmädchen treffen.
Die meisten Dienstmädchen kommen nicht.
Sie suchen sich lieber einen Stalljungen oder Bauernsohn.
Der ebenso arm ist wie sie.
Und den sie heiraten können.
Doch manchmal kommt ein Dienstmädchen.
Weil sie es spannend findet mit einem reichen Jungen.
Oder weil sie denkt, er gibt ihr vielleicht Geld.

Wenn das Mädchen tatsächlich zur Brücke kommt, fragt sich Romeo.

Was würde er dann machen?
Romeo ist noch nie mit einem Mädchen zusammen gewesen.
Manchmal redet er mit Mercutio darüber.
Doch Mercutio weiß auch nicht mehr als er.
Sie haben schon mal heimlich andere beim Küssen beobachtet:
Etwa einen Diener mit einer Dienerin.
Das war alles.

Erst vor der Hochzeit erfahren junge Männer etwas mehr. Viel sagt man ihnen jedoch nicht.
Ein Vater erklärt seinem Sohn, dass es Sex gibt.
Dabei redet er aber nicht von Menschen, sondern von Tieren.
Von Kühen, Schafen, Hunden.

„Sie tun alle das Gleiche", sagt ein Vater dann.
„Schaue es dir an.
Alle Tiere können das, da kannst du es also auch.
Du wirst schon wissen, was du tun musst."

Die Söhne folgen dem Rat der Väter.
Sie schauen, wie die Tiere es machen.
Doch davon werden sie nicht schlauer.
Und sonst gibt es niemanden, den sie um Rat fragen können.

Bei den Orsinis

Julia wird in einer Kutsche zu den Orsinis gebracht.
Die Amme begleitet sie.

Die Orsinis wohnen in einem prächtigen Haus.
Eigentlich ist es kein Haus, sondern ein Palast.
Beim Eingang führt eine steinerne Treppe nach oben.
Auf jeder Treppenstufe ist eine Fackel aufgestellt.
Ein märchenhafter Anblick.

Julia steigt vorsichtig die Treppe hinauf.
Stufe für Stufe.
Sie hebt ihr langes Kleid etwas hoch, damit sie nicht stolpert.
Ein Diener der Orsinis geht neben ihr her.
Er wird sie auffangen, falls sie hinfällt.

Oben an der Treppe steht ein anderer Diener.
Laut verkündet er am Saaleingang, wer gerade eintritt.
„Fräulein Julia Capulet!", ruft er jetzt.
Julia betritt den Saal.
Dort begrüßt sie Herrn und Frau Orsini.
Ihr Sohn ist auch da.
Er traut seinen Augen nicht.
Ist das die kleine Julia von früher?

Vor ihm steht ein Mädchen, das so schön ist wie eine Prinzessin.
Ihr weißes Ballkleid ist mit Goldfäden verziert.
Das blonde Haar ist zu zwei Zöpfen geflochten.
Diese sind kunstvoll hochgesteckt.
Auf dem Kopf trägt Julia ein Diadem.
Daran ist ein durchsichtiger Schleier befestigt.

Das Kleid bedeckt Julias ganzen Körper.
Nur nicht ihr Dekolleté.
So ist es Sitte.
Es ziemt sich nicht für Frauen, Arme und Beine zu zeigen.
Nur Gesicht und Hals dürfen sie sehen lassen.
Und die Hände natürlich.

Der Ball

Julia war noch nie zuvor auf einem Ball.
Neugierig schaut sie sich um.
Der Ballsaal ist riesig.
Auf drei Seiten befinden sich hohe Fenster.
Von hier hat man einen guten Blick in den paradiesischen Garten.
Überall sind Fackeln aufgestellt.

An der Decke hängen große Eisenringe.
Darauf sind brennende Kerzen befestigt.
Wandteppiche und Gemälde schmücken die Wände.
In einer Ecke des Saals sitzt ein Orchester.
Eifrig spielen zehn Männer auf ihren Musikinstrumenten.
Julia gefällt, was sie hört und sieht.

Immer mehr Menschen betreten den Saal.
Alle sind festlich gekleidet.
Man sieht viele junge Leute.
Aber auch zahlreiche Mütter und Väter.
Die Eltern tanzen nicht, sondern unterhalten sich.
Sie reden natürlich über ihre Kinder.
Wer wen heiraten wird, zum Beispiel.
Julias Eltern sind nicht mitgekommen.
Zum Glück, denkt Julia.

Julia ist das schönste Mädchen des Abends.
Viele junge Männer möchten mit ihr tanzen.
Und jeder will wissen, wie sie heißt.
Julia kennt den Grund:
Die Familien dieser Jungen veranstalten ebenfalls Bälle.
Dann können sie Julia zu ihrem Ball einladen.
Vielleicht redet der Vater eines Jungen mit Julias Vater.
Weil er will, dass sein Sohn Julia heiratet.

Julia weiß schon jetzt, dass sie keinen dieser Jungen heiraten will.
Sie sind alle nett. Sie sind alle jung.
Und sie sind reich.
Julia will aber nicht irgendeinen heiraten.
Sie will einen Mann, in den sie verliebt ist.
Obwohl sie keine Ahnung hat, was Verliebtsein ist.
Aber sie hat schöne Geschichten darüber gehört.

Ein unerwartetes Treffen

Es ist Zeit für den Reigen.
Bei diesem Tanz stehen auf der einen Seite die Mädchen.
Auf der anderen Seite des Saals stehen die Jungen.
Jungen und Mädchen gehen aufeinander zu.
In der Mitte des Saals geben sie sich die Hand.
Sie drehen sich zusammen im Kreis.
Danach trennen sie sich und gehen wieder zurück auf ihre Seite.
Dann fängt alles von vorne an.
Wieder gehen sie zur Mitte des Saals.
Nun geben sie dem Nächsten die Hand.
So haben am Ende alle Mädchen mit allen Jungen getanzt.

Julia schaut sich der Reihe nach alle jungen Männer an. Mit jedem hat sie getanzt.
Außer mit einem. Er ist der Letzte in der Reihe.
Julia geht zur Saalmitte und gibt dem Jungen die Hand.
Sie lächelt ihm zu.
Da fangen ihre Beine an zu zittern.
Fast wäre sie umgefallen.
Der Junge hält ihre Hand fest.
Leise flüstert er ihr ins Ohr: „Wer auf Bäume klettern kann, fällt doch nicht einfach um."

Sie drehen sich im Tanz umeinander.
Dann müssen sie sich wieder loslassen.

Nach dem Reigen verlässt Julia den Saal.
Sie geht hinaus in den Garten.
Sie braucht dringend frische Luft.
Ihr ist auf einmal sehr warm.

Bei einem Teich bleibt sie stehen.
Unter einem Baum mit roten Blüten.
Hier ist es erfrischend kühl.
Der Mond spiegelt sich im Wasser.

Sie hört eine leise Stimme:
„Schönes Mädchen im Mondschein.
Auf dem Baum ein Dienstmädchen.
Unter dem Baum ein Fräulein."
Julia weiß sofort, wer es ist.
Schon wieder wird ihr warm.
„Ich hatte mich verkleidet", flüstert sie.
„Ich wollte so gerne einmal allein weg."
Romeo kommt hinter dem Baum hervor.
Wieder zittern Julias Beine.
Was ist nur los mit mir, denkt sie.
Rasch läuft sie weg, hinein ins Haus.

Verliebt?

Der Ball ist vorbei.
Eine Kutsche nach der anderen hält unten an der Treppe.
Die Gäste steigen ein und lassen sich nach Hause fahren.
Romeo schaut sich um.
Wo ist das schöne Mädchen geblieben?
Jetzt hat er sie zum zweiten Mal aus den Augen verloren.
Beim ersten Mal fand er das nicht so schlimm.
Er glaubte ja, sie sei ein Dienstmädchen.
Doch jetzt will er wissen, wie sie heißt.
Er möchte wissen, zu welcher Familie sie gehört.
Sein Vater soll zu ihrem Vater gehen.
Und um ihre Hand anhalten.
Romeo weiß: Dieses Mädchen will er heiraten!

Doch Julia ist schon lange weg.
Sie verließ den Ball als Erste.
„Ich fühle mich nicht wohl", sagte sie zu ihrer Amme.
Die Amme rief sofort die Kutsche.

Zu Hause legt sich Julia ins Bett.
Ihre Amme hängt das Ballkleid auf.
Danach kommt sie in Julias Zimmer.

„Wünschen Sie noch etwas?“, fragt sie.
„Ja“, antwortet Julia. „Sag mir, was mit mir los ist. Bin ich vielleicht krank?“
Julia beschreibt, wie ihre Beine zittern, wenn sie Romeo sieht.
Wie ihr Herz klopft, wenn sie seine Stimme hört.
Und wie heiß ihr wird.
Die Amme lächelt.
„Sie sind nicht krank, Fräulein“, meint sie. „Sie sind verliebt.“
Neugierig fragt sie: „Wer ist es, Fräulein?“

Julia gibt keine Antwort.
Verliebt? Das ist doch nicht möglich!
Es soll ein wunderbares Gefühl sein, hat man ihr erzählt.
Das hat doch nichts mit wackligen Beinen zu tun.
Und abgesehen davon:
Sie kennt nicht einmal seinen Namen!

Das blaue Haus

Mercutio und Romeo fahren in der Kutsche nach Hause.
Da fragt Romeo seinen Freund:
„Weißt du, wer das Mädchen im weißen Ballkleid war?“
„Natürlich weiß ich das“, antwortet Mercutio.
„Sage es mir!“, bittet Romeo.
Mercutio schaut seinen Freund an.
„Lieber nicht“, meint Mercutio.
„Warum nicht?“, fragt Romeo erstaunt.
„Du wirst dich nicht darüber freuen“, antwortet Mercutio.
„Jetzt sage schon, wer sie ist!“, beschwört ihn Romeo.
„Sie ist die Tochter der Capulets“, sagt Mercutio.
„Sie ist das einzige Mädchen in Verona, das du nicht heiraten kannst.“

Romeo schweigt eine Weile.
Schließlich fragt er: „Weißt du, wo sie wohnt?“
Mercutio nickt: „Am Fluss, in der Nähe der Brücke.
Das schöne blaue Haus mit den weißen Fensterläden.“
„Ich gehe hin“, erklärt Romeo entschlossen.
„Du bist verrückt“, sagt sein Freund.
„Vielleicht“, erwidert Romeo. „Aber ich muss es tun.“

Die Kutsche fährt über die Brücke.
„Anhalten!“, ruft Romeo dem Kutscher zu.
Der Kutscher zügelt die Pferde und hält.
Romeo springt aus der Kutsche.
„Wünsche mir Glück“, sagt er zu Mercutio.
Doch Mercutio schüttelt nur den Kopf.

Romeo steht vor Julias Haus und denkt nach.
Anklopfen geht natürlich nicht.
Es ist mitten in der Nacht.
Und die Capulets würden ihm sowieso nicht öffnen.
Er geht um das Haus herum.
Mühelos gelangt er in den Garten.
Hinten brennt noch ein Licht.
Romeo geht auf das Licht zu.
Auf Julias Balkon brennt eine Kerze.

Die weiße Taube

Julia kann nicht schlafen.
Sie geht auf den Balkon hinaus, barfuß.
Dort hängt ein Vogelkäfig.
Im Käfig sitzt eine weiße Taube.
Die Taube gurrt, als sie Julia sieht.
„Ach, mein Täubchen“, sagt Julia betrübt.
„Du freust dich, aber ich bin traurig.
Nicht einmal schlafen kann ich.“

Romeo steht hinter einem Baum.
Vorsichtig wirft er einen Blick hinauf zum Balkon.
Dort sieht er Julia.
Sie ist wieder wunderschön.
In ihrem weißen Nachthemd aus Seide.
Das blonde Haar trägt sie jetzt offen.
Es ist sehr lang.

Romeo schleicht sich näher ans Haus heran.
So hört er besser, was Julia sagt.
„Ach, Vögelchen“, klagt sie.
„Du hast mehr Glück als ich.
Du hast keine zitternden Beine. Und kein klopfendes Herz.
Du gurrst vor Freude.
Ich kann nur weinen vor Kummer.
Was soll ich tun, mein Täubchen?

Ich bin verliebt in einen Jungen, den ich nicht kenne.
Ich weiß nicht, wie er heißt.
Seine Familie kenne ich auch nicht."

Sie meint mich, geht es Romeo durch den Kopf.
Er fühlt sich auf einmal wunderbar.
Ich klettere einfach hinauf, denkt er übermütig.
Vorsichtig steigt er auf einen riesigen Blumentopf.
Von dort aus kann er den Balkon erreichen.
Er versucht, sich mit den Armen hochzuziehen.
Das ist schwieriger als gedacht.
Er ist fast oben, als die Amme ruft:
„Fräulein Julia, Sie müssen hereinkommen.
Sie werden sonst noch krank."

Julia geht zurück in ihr Zimmer.
Sie schließt die Balkontür hinter sich.
Doch Romeo weiß jetzt zumindest, wie das
Mädchen heißt: Julia Capulet.

Masken

„Ich muss Julia Capulet wiedersehen“, sagt Romeo zu Mercutio.
Die beiden gehen am Fluss spazieren.
Am anderen Ufer steht das blaue Haus.
Romeo sieht immer wieder hinüber.
Doch von Julia keine Spur.

„Ich werde meinen Vater bitten, einen Ball zu geben“, sagt Romeo.
„Du darfst sie sicher nicht einladen“, antwortet Mercutio.
Er hat recht: Die Montagues laden keine Capulets ein.
Romeo muss sich etwas anderes einfallen lassen.
„Ich habe gehört, dass die Capulets einen Ball geben“, sagt Mercutio.
„Aber zu dem werde ich nicht eingeladen“, wendet Romeo ein.
Auf Mercutios Gesicht erscheint ein breites Grinsen.
„Ich habe eine Idee“, ruft er. „Komm mit!“

Kurze Zeit später sind sie in einem kleinen Geschäft.
Hier werden Masken verkauft.
Schauspieler tragen in Theaterstücken oft Masken.
Wer zum Beispiel eine Hexe spielen muss, findet hier eine Hexenmaske.

Sie bedeckt das ganze Gesicht.
Und dort hängen Augenmasken, die nur die Augen bedecken.
Romeo und Mercutio schauen sich neugierig um.
„Wir möchten zwei Masken“, erklärt Mercutio.
„Welche Art von Masken soll es sein?“, fragt der Mann.
Mercutio zeigt auf die Augenmasken.
Der Mann packt zwei Masken für sie ein.
Nachdem Mercutio bezahlt hat, verlassen sie das Geschäft.
Mercutio lacht: „Das müssen wir unbedingt ausprobieren!“

Nun heißt es den Ball der Capulets abzuwarten.
Romeo hat noch keinen genauen Plan.
Aber eins hat er sich in den Kopf gesetzt:
Er wird Julia fragen, ob sie ihn heiraten will.
Und noch eins ist sicher:
Sie wird Ja sagen!

Eine traurige Liebesgeschichte

Julia sitzt lustlos in ihrem Zimmer.
Ihre Mutter hat ein neues Ballkleid für sie machen lassen.
Diesmal ist es rot, um Julia ein bisschen aufzumuntern.
Das Kleid ist wirklich großartig.
Doch Julia freut sich nicht darüber.
Sie will kein neues Kleid.
Und sie hat keine Lust auf einen Ball.
Ihr Vater hat ihr gesagt, dass er einen Mann für sie gefunden hat.
Julia soll Paris heiraten.
Sie hat ihn auf dem Ball der Orsinis kennengelernt.
Der Vater von Paris hat nach dem Ball um Julias Hand angehalten.
Und Julias Vater hat Ja gesagt.

Julia beklagt sich bei ihrer Amme.
„Wenn ich doch nur lesen könnte.
Dann würde ich traurige Liebesgeschichten lesen."
„Ich kann Ihnen eine traurige Liebesgeschichte erzählen", antwortet die Amme.
„Oh ja!", bittet Julia.
„Dann denke ich eine Weile nicht an mich selbst."
Die Amme fängt an zu erzählen.
Die Geschichte handelt von Pyramus und Thisbe.

Pyramus und Thisbe waren Nachbarn.
Sie wohnten Haus an Haus.
Als sie klein waren, spielten sie miteinander.
Als sie größer wurden, unterhielten sie sich.
Dann verliebten sie sich ineinander.
Sie wollten heiraten.
Doch ihre Väter bekamen Streit.
Die Hochzeit fand nicht statt.
Ihre Liebe aber hörte nicht auf.
Sie mussten alles heimlich tun.
Die Väter durften nichts davon wissen.

Abends unterhielten sich Thisbe und Pyramus.
Durch die Mauer zwischen den beiden Häusern.
Thisbe saß auf der einen Seite der Mauer.
Und Pyramus auf der anderen.
Sie flüsterten durch einen Spalt in der Mauer.
Aber das reichte den beiden irgendwann nicht mehr.
„Ich will dich sehen", sagte Pyramus.
„Ich dich auch", sagte Thisbe.
„Komm morgen Abend um sieben zum Friedhof",
sagte Pyramus.
„Gut", antwortete Thisbe.
„Ich warte auf dich beim Grab meiner Mutter."

Am nächsten Tag ging Thisbe abends zum Friedhof.
Sie saß da und wartete.
Plötzlich tauchte ein Löwe auf.

Thisbe rannte so schnell weg, dass sie ihren Schleier verlor.
Der Löwe hatte gerade ein Reh gefressen.
Er war nicht hungrig.
Trotzdem schnüffelte er am Schleier.
Dabei tropfte Blut vom Maul auf den Schleier.
Schließlich trottete der Löwe davon.

Kein glückliches Ende

Die Amme macht eine Pause.
„Das geht doch noch gut aus, nicht wahr?", fragt Julia.
„Leider nicht", antwortet die Amme.
„Wenn es gut ausgeht, ist es keine traurige Liebesgeschichte."
Julia denkt kurz nach.
„Hmm. Erzähle weiter."

Als Pyramus beim Friedhof ankam, sah er den blutigen Schleier.
Er glaubte, der Löwe habe seine Thisbe gefressen.
„Ohne Thisbe will ich nicht weiterleben", beschloss Pyramus.
In seiner Trauer stürzte er sich in sein eigenes Schwert.
Das Schwert durchbohrte seinen Leib.

Als Thisbe zum Grab der Mutter zurückkehrte, fand sie Pyramus.
Er lag tot am Boden.
„Ohne Pyramus will ich nicht weiterleben", sagte Thisbe.
Sie zog das Schwert aus dem toten Leib ihres Geliebten.
Und sie stach es in ihre Brust.

Am nächsten Tag fanden die beiden Väter ihre Kinder.
Tot auf dem Friedhof.
Die Männer bereuten ihren Streit.
Ihre toten Kinder begruben sie in einem gemeinsamen Grab.
So wurden Thisbe und Pyramus doch noch ein Paar.

Über Julias Gesicht strömen Tränen.
„Es ist nur eine Geschichte“, tröstet sie die Amme.
„Ja“, schluchzt Julia. „Aber es ist so traurig.
Sie haben sich nicht einmal geküsst.
Sie starben, bevor ihre Liebe angefangen hat.“

Die Amme nickt.
„Ich kann die Geschichte auch anders erzählen.
Sie heiraten erst heimlich, oder ...“
Julia schüttelt den Kopf.
„Dann ist es nicht mehr dieselbe Geschichte.“

Und nun?

Julia macht sich für den Ball zurecht.
Die Amme hilft ihr.
Denn das Anziehen ist sehr umständlich:
Zuerst die zwanzig Bändchen an der Leibwäsche.
Dann die hundert Haken der beiden Unterröcke.
Und die vierzig Knöpfe am Ballkleid.
Zum Schluss müssen Julias Zöpfe geflochten werden.

„Sie werden Paris gefallen", meint die Amme.
Julia schaut in den Spiegel.
In dem neuen Kleid sieht sie wirklich bezaubernd aus. Aber trotzdem ist Julia unglücklich.
Und das ist zu merken.

„Die Liebe wird schon kommen", versichert die Amme.
„Es geht ganz von selbst. In der Hochzeitsnacht ..."
„Was geschieht da?", fragt Julia.
Diese Frage hatte sie schon einmal gestellt.
Ihrer Mutter.
Sie hatte geantwortet: „Das wirst du schon merken."
Das war alles. Mehr hatte sie Julia nicht verraten.

Die Amme zögert.
Sie möchte Julia gerne aufheitern.

Soll sie ihr über die Liebe im Ehebett erzählen?
Vielleicht macht sie Julia nur Angst.
Am Ende will sie Paris überhaupt nicht mehr heiraten.
„Ich weiß nicht", murmelt die Amme.
„Nun sag schon", bettelt Julia.
Die Amme seufzt.
„Es ist ein wunderbares Gefühl", sagt sie.
„Was ist ein wunderbares Gefühl?", fragt Julia.
„Das Bett miteinander zu teilen", antwortet die Amme.
„Man ist sich ganz nah.
Man fühlt sich dabei eins. Wie ein einziger Mensch."

Julia ist jetzt noch neugieriger.
„Und was passiert dann?"
Die Amme schüttelt den Kopf.
„Männer sehen anders aus als Frauen", sagt sie schließlich.
„Das werden Sie schon merken."
Julia ist enttäuscht.
„Jetzt weiß ich auch nicht mehr als vorher."

Herzklopfen

Mercutio und Romeo stehen bei den Capulets vor der Tür.
Sie haben ihre Masken aufgesetzt.
Niemand kann sie erkennen.
Das blaue Haus ist festlich beleuchtet.
Aus den offenen Fenstern dringt Musik.
Der Ball hat bereits begonnen.
Am Eingang hält sie ein Diener zurück:
„Ich kann Sie leider nicht einlassen, meine Herren.
Das Fest ist nur für Bekannte der Familie."

Mercutio wendet sich zu Romeo:
„Dann gehen wir eben wieder."
Aber Romeo will nicht aufgeben.
Er will unbedingt auf den Ball.
Er will Julia sehen. Und mit ihr reden.
Inzwischen ist Julias Vater dazugekommen.
„Was haben wir hier?", fragt er gut gelaunt.
„Zwei maskierte Herren?
Herein mit Euch Fremden!"
Der Diener macht ein überraschtes Gesicht.
Natürlich muss er Romeo und Mercutio jetzt hereinlassen.

„Ich danke Ihnen, Herr", sagt Romeo und verbeugt sich.

Julias Vater zwinkert ihm zu.
„In meiner Jugend habe ich das auch oft gemacht.
Es ist spannender, wenn die Mädchen einen nicht erkennen.
Und man traut sich viel mehr zu sagen. Nicht wahr?"
Romeo und Mercutio lächeln.
Sie werfen sich einen vielsagenden Blick zu.

Kaum haben sie den Ballsaal betreten, sieht er sie.
Romeo erkennt Julia auf den ersten Blick.
Auch heute Abend ist sie das schönste Mädchen.
Sie tanzt mit Paris, ihrem zukünftigen Ehemann.

Romeo bittet ein anderes Mädchen zum Tanz.
„Möchten Sie mit mir tanzen, schöne Dame?"
Das Mädchen lächelt und nickt.
Romeo führt sie an der Hand in die Mitte des Saals.
In die Nähe von Julia und Paris.
Ganz kurz dreht sich Romeo zu Julia um und flüstert ihr ins Ohr:
„Fräulein Julia, ich muss mit Ihnen sprechen."

Julia tut so, als habe sie nichts gehört.
Doch wieder fangen ihre Beine an zu zittern.
Und sie hat Herzklopfen.

Das Wiedersehen

Romeo lässt Julia den ganzen Abend nicht aus den Augen.
Aber es ergibt sich keine Gelegenheit zum Reden.
Sie tanzt ständig mit Paris.
Nicht ein einziges Mal verlässt sie den Saal.
Ab und zu kann Romeo ihr leise etwas ins Ohr hauchen. Wenn er mit einem anderen Mädchen an ihr vorbei tanzt. Oder beim Reigen, wenn er kurz ihre Hand hält.

„Ich wollte, ich wäre Ihre Halskette", flüstert Romeo. „Dann könnte ich mich an Ihren Hals schmiegen."
Ein anderes Mal sagt er: „Ich muss immer auf Ihre Lippen schauen. Ich würde mein Leben dafür geben, sie küssen zu dürfen."

Julia ist sehr verwirrt.
Sie ist froh, Romeo hier wieder zu begegnen.
Es tut gut, seine Stimme zu hören.
Und was er sagt, klingt wie Musik in ihren Ohren.
Aber was hat es für einen Sinn?
Sie soll Paris heiraten!
Den schönen Unbekannten muss sie vergessen.

„Entschuldigen Sie mich", sagt sie zu Paris.
„Ich muss meine Frisur in Ordnung bringen."

Sie verlässt den Ballsaal.
Julia muss dringend zur Toilette.
Aber das darf man nicht sagen.
Das sind keine guten Manieren.
Man sagt etwas anderes, zum Beispiel etwas über die Frisur.

Romeo sieht, wie Julia den Ballsaal verlässt.
Heimlich folgt er ihr.
Als sie die Treppe hinaufsteigt, versteckt er sich unter der Treppe.

Er wartet, bis Julia wieder herunterkommt.
Rasch ergreift er ihre Hand und zieht sie in sein Versteck.
Julia sieht ihn mit großen Augen an.
Sie will etwas sagen.
Doch keinen Ton bringt sie heraus.
„Ich muss mit Ihnen reden“, fleht Romeo.

Julia findet ihre Stimme wieder.
„Wer sind Sie?“, flüstert sie.
„Was wollen Sie von mir?“
Romeo nimmt die Maske ab.
„Ich bin der Sohn der Montagues“, antwortet er.
„Ich heiße Romeo.
Und ich möchte, dass Sie meine Frau werden.“

Tybalt

Romeo sieht, wie Julia erschrickt.
Ihr Gesicht ist ganz blass.
„Unsere Familien sind zerstritten“, sagt sie betrübt.
Heftig schüttelt Romeo den Kopf.
„Es ist Zeit, sich zu versöhnen.
„Ich werde nach dem Ball unter Ihrem Balkon warten.
Geben Sie mir eine Chance. Bitte lassen Sie mich herein.“

„Sie sind hier im Haus in Gefahr“, erwidert Julia.
„Es ist besser, wenn Sie gehen.“
Romeo denkt gar nicht daran. Er lächelt Julia an.
„Ich fürchte mich nicht.
„Lieber würde ich sterben, als ohne Ihre Liebe zu leben.“
Julia weiß nicht, was sie ihm darauf antworten soll.

Plötzlich ruft jemand: „Julia?“
Es ist Tybalt, Julias Vetter.
Julia dreht sich um und geht schnell in den Ballsaal.

„Oh, Julia“, seufzt Romeo.
„Der schönste Vogel in der Luft.
Der wunderbarste Fisch im Meer.
Und das lieblichste Mädchen von Verona.

So viel schöner als alle anderen.
Keine kann sich mit dir messen."

Romeo denkt, dass ihn niemand hören kann.
Doch er irrt sich.
Tybalt hat ihn belauscht.
Er erkennt Romeo an der Stimme.
Ein Montague im Haus der Capulets!

„Was?", ruft Tybalt laut.
„Ein Montague wagt es, in unser Haus einzudringen?
Wie ein Dieb, mit einer Maske vor den Augen?
Feigling!"
Tybalt zieht sein Schwert und geht auf Romeo zu.

In diesem Moment erscheint Julias Vater.
„Nein, Tybalt!", ruft er. „Nicht heute.
Ich will keinen Kampf in meinem Haus."
Tybalt lässt sein Schwert sinken.
Aber er ist wütend.
„Dich kriege ich noch, pass nur auf", murmelt er.

Auf dem Balkon

„Romeo“, flüstert Julia. „Romeo, wo sind Sie?“
Julia lehnt sich über das Geländer des Balkons.
Sie schaut hinunter in den dunklen Garten.
Das lange Haar hängt offen über die Brüstung.
Romeo steht auf dem großen Blumentopf unter dem Balkon.
Er kann Julias Haar fast berühren.
„Oh, Fräulein Julia“, murmelt er.
„Ihr Haar schimmert im Mondschein.
Es ist schöner als das Licht der Sterne in der Dunkelheit.
Julia, mein Herz schlägt nur für Sie.
Sie erfüllen meine Gedanken, bei Tag und bei Nacht.
Ich bitte Sie, werden Sie meine Frau!
Ohne Sie kann ich nicht weiterleben.“

Julia streckt ihm die Hand entgegen.
Es gelingt ihr, Romeos Finger zu berühren.
„Oh, Romeo“, sagt sie betrübt. „Mein Herz gehört Ihnen.
Aber mein Vater hat mich Paris versprochen.
Er ist gut zu mir, Romeo. Und er ist kein Montague.“

„Das kann nicht wahr sein! Sie wollen mich nicht, weil ich den falschen Namen habe?
Sie wollen mich nicht, weil ich ein Montague bin?

Was ist ein Name?
Ein paar Buchstaben.
Nur ein Klang.
Ein Name hat keine Bedeutung.
Wenn Sie es wünschen, nehme ich einen anderen Namen an.
Auf Ihren Wunsch verwandle ich mich."

„Wie können Sie sich verwandeln?", fragt Julia überrascht.
„Ich ziehe Frauenkleider an und werde Ihr Dienstmädchen", sagt Romeo.
„Ich werde mich Helena nennen und Ihnen beim Ankleiden helfen.
Ich werde Ihre Füße waschen und Ihr Haar kämmen.
Ich werde Ihnen Geschichten erzählen.
Ich werde alles tun, was Sie wünschen.
Alles, um in Ihrer Nähe sein zu können."

Julia seufzt traurig.
„Kommen Sie", sagt sie leise.

Der Kuss

Romeo klettert geschickt auf den Balkon.
Er will Julia sofort in die Arme schließen.
Doch dann überlegt er es sich anders.
Er ergreift ihre Hand und fällt vor ihr auf die Knie.
„Ich gebe Ihnen mein Herz, schöne Julia.
Ich lege mein Leben in Ihre Hand.
Sie dürfen damit machen, was Sie wollen."
Dann küsst er Julias Hand.

Julia wischt sich eine Träne aus dem Gesicht.
„Kommen Sie", sagt sie noch einmal.
Sie nimmt Romeo an der Hand und führt ihn in ihr Zimmer.
Der Amme gibt sie mit einem Zeichen zu verstehen:
Geh! Dann sind die beiden endlich allein.

Romeo streicht sanft über Julias Haar.
Er streichelt ihr Gesicht und ihren Hals.
Dann nimmt er ihren Kopf in beide Hände.
Zärtlich küsst er ihr die Tränen von den Wangen.
Julia weiß nicht, wie ihr geschieht.
Nun sind es nicht nur zitternde Beine.
Ihr Magen zieht sich zusammen.
Ein Gefühl von Wärme breitet sich in ihrem Bauch aus.
Sie legt ihre Arme um den Hals von Romeo.

Romeos Mund trifft auf Julias Lippen.
Diese roten Lippen, damals oben im Baum.
Das erscheint Romeo jetzt schon sehr lange her.
Er umschlingt Julias Taille und zieht sie an sich.
Julias Körper scheint in Flammen zu stehen.
Ein klarer Gedanke ist nicht mehr möglich.
Sie schließt die Augen.
Wie von selbst öffnen sich ihre Lippen zum Kuss.

Jetzt sterben

Romeo hält Julia lange fest.
Mit den Händen und den Lippen.
Er streichelt ihren Hals.
Er küsst ihr Haar und ihren Nacken.

„Ich glaube, ich falle in Ohnmacht", flüstert Julia.
„Ich kann nicht mehr stehen."
Romeo hebt sie hoch und legt sie aufs Bett.
Julia lächelt und streicht ihm über die braunen Locken.
„Jetzt sind Sie mein Dienstmädchen", sagt sie sanft.
„Helfen Sie mir beim Ausziehen."

Vorsichtig knöpft Romeo das Ballkleid auf.
Er zieht ihr die roten Schuhe und die langen weißen Strümpfe aus.
Danach öffnet er alle Häkchen der beiden Unterröcke.
Zum Schluss löst er die Bändchen an der Leibwäsche.
Romeo betrachtet das Mädchen auf dem Bett.
Sie trägt nur ihre langen blonden Haare.
Voller Erwartung schauen ihn zwei blaue Augen an.

„Jetzt könnte ich sterben", sagt Romeo.
„Ich habe das Allerschönste auf der Welt gesehen."

Er kniet vor Julias Bett nieder.
Sanft berührt er mit den Lippen ihren Mund.
Dann steht er auf und wendet sich zum Gehen.
Doch Julia hält ihn zurück.
„Legen Sie sich neben mich“, flüstert sie.
„Bleiben Sie bei mir, bis die Sonne aufgeht.
Morgen wird meine Hochzeit mit Paris vorbereitet.
Wenn die Sonne aufgeht, ist unser Traum vorbei.“

Romeo zögert.
Schließlich tut er, worum sie ihn gebeten hat.

Alles stimmt

Sanft streichelt Romeo Julias Körper.
„Du bist so schön“, sagt er leise.
Julia merkt, dass er du zu ihr sagt.
Er küsst ihren Hals und ihre Brüste.
„Ich habe so etwas noch nie gefühlt“, flüstert Romeo. „Das muss die Liebe sein, von der man mir erzählt hat.“
„Ja“, sagt Julia. „Aber ...“
Sie hält inne.
„Aber was?“, fragt Romeo.

„Was ist, wenn man verheiratet ist?
Alle machen daraus so ein Geheimnis“, sagt Julia.
„Man sagt, es ist ein schönes Gefühl.
Und dass Männer anders aussehen als Frauen.“
Romeo lacht leise.
„Das stimmt“, sagt er. „Ich zeig´s dir.“
Er zieht seine Kleider aus.

„Wir dürfen das nicht tun“, sagt Romeo leise.
Trotzdem legt er sich neben Julia.
Er schlingt die Arme um sie. Er küsst ihren Mund, ihre Augen. Er dreht Julia so, dass sie auf ihm liegt.

Julia hat das Gefühl zu träumen.
Ihr Busen dicht an Romeos Brust.

Ihr Bauch liegt auf seinem Bauch.
Ihre Münder sind aufeinander gepresst.
Sie halten sich eng umschlungen.
Es ist ein wunderbares Gefühl, hatte die Amme gesagt.
Man fühlt sich eins.
Und genauso ist es.

Alles geht wie von selbst.
Romeo hat sich erst Sorgen gemacht.
Darüber hat er mit Mercutio geredet.
Würde er wissen, was er tun muss?
Doch ihre Väter hatten recht:
Man weiß einfach, wie es geht.
Ich bin der glücklichste Mann der Welt!
Romeo schaut Julia an.
Ist sie auch die glücklichste Frau der Welt?
Doch Julia weint.
Ihr Gesicht ist von Tränen überströmt.

Verheiratet

„Was hast du?“, fragt Romeo erschrocken.
„Habe ich dir wehgetan?“
Julia schüttelt lächelnd den Kopf.
„Manchmal weint man vor Glück.
Ich wusste gar nicht, dass man so fühlen kann.“
Romeo atmet erleichtert auf.

„Und weil wir etwas Verbotenes getan haben“, fährt sie fort.
„Das darf man nur, wenn man verheiratet ist.“
Romeo nickt. „Lass uns einfach heiraten. Noch heute Nacht.
Dann ist es nicht mehr schlimm.“
Julia macht ein glückliches Gesicht.
An ihre Vermählung mit Paris denkt sie überhaupt nicht.

Schnell kleiden sie sich an und schleichen aus dem Haus.
Am Himmel sind bereits die ersten Sonnenstrahlen zu sehen.
Sie gehen zur kleinen Kirche am Fluss.
Hand in Hand.
Es ist kein weiter Weg.
Denn das Kirchlein steht ganz in der Nähe.
Der Priester kennt Romeo und Julia gut.

Julia kommt fast jeden Tag zum Beten.
Und Romeo hat sich dem Priester oft anvertraut.
Wenn er wieder einmal unglücklich verliebt war.

Sie erzählen dem Priester, dass sie heiraten möchten.
Jetzt sofort.
„Das ist ein guter Schritt“, meint der Priester.
„Vielleicht findet der Streit zwischen euren Familien dadurch ein Ende.“

Romeo und Julia knien vor ihm nieder.
Der Priester legt ihnen die Hand auf den Kopf.
Er fragt die beiden, ob sie einander treu bleiben.
Beide antworten mit Ja.
Damit sind sie Mann und Frau.

„Jetzt muss ich etwas schlafen“, sagt Julia zu Romeo.
„Es war eine lange Nacht.
Komm heute Nachmittag zu mir.
Dann erzählen wir es meinen Eltern.“

Der Kampf

Mercutio ist auf dem Weg zu Romeo.
Er will wissen, was gestern Abend passiert ist.
Als er den Ball verließ, konnte er Romeo nicht mehr finden.
Hat Romeo vielleicht um Julias Hand angehalten?
Und hat Julia womöglich Ja gesagt?
Das kann sich Mercutio jedoch nicht vorstellen.
Alle sagen, dass sie Paris heiraten wird.
Mercutio befürchtet, dass Romeo wieder Liebeskummer hat.
Er will zu seinem Freund und ihn ein bisschen aufmuntern.

Plötzlich kommt eine Gruppe junger Männer.
Einer von ihnen ist Tybalt, Julias Vetter.
Mercutio geht schnell auf die andere Straßenseite.
Aber Tybalt sucht Streit.
Er ist wütend, weil er nicht mit Romeo kämpfen durfte.

„He, Mercutio", ruft Tybalt.
„Wir müssen miteinander reden.
Du solltest diesem Gauner Montague aus dem Weg gehen. Dieser Feigling.
Hat sich mit einer Maske eingeschlichen."
„Ich trug auch eine Maske", antwortet Mercutio.

„Außerdem ist Romeo kein Feigling.“
„Aber er ist ein Montague“, brüllt Tybalt.
„Das sind alles Gauner. Mit denen sollte man sich nicht abgeben.“

Mercutio versucht, der Gruppe auszuweichen.
Doch die Jungen halten ihn zurück.
„Na los, komm schon! Kämpfe!“, ruft Tybalt.
„Oder bist du auch so ein Feigling wie dieser Montague?“
Tybalt zieht sein Schwert und richtet es auf Mercutio.
Mercutio bleibt nichts anderes übrig, als auch das Schwert zu ziehen.
Tybalt geht auf Mercutio los.

Mercutio ist ein guter Schwertkämpfer.
Ruhig wartet er Tybalts Angriff ab.
Dann macht er einen Schritt zur Seite und stößt zu.
Doch damit hat Tybalt gerechnet.
Blitzschnell dreht er sich um und trifft Mercutio voll in die Brust.
Mercutio sinkt zu Boden.
Er ist sofort tot.

Der Kampf hat viele Zuschauer angezogen.
Sie schreien und feuern die jungen Männer an.
In diesem Augenblick taucht auch Romeo auf.

Er ist auf dem Weg zu Julias Haus.
Neugierig kommt er näher, um zu sehen, was los ist.
Er sieht gerade noch, wie Mercutio tot umfällt.

Noch ein Toter

Romeo denkt keine Sekunde nach.
Er ist rasend vor Wut.
Mit gezogenem Schwert geht er auf Tybalt los.
Tybalt hat gegen Romeo keine Chance.
Kurze Zeit später liegen zwei Tote auf der Straße.

Jetzt erst begreift Romeo, was passiert ist.
Weinend fällt er zwischen den beiden Toten auf die Knie.
„Oh, warum herrscht zwischen uns Krieg?
„Warum können die Montagues und die Capulets keinen Frieden schließen?"

Es hat sich eine große Menschenmenge gebildet.
Mittendrin steht der Fürst von Verona.
Er ist der mächtigste Mann der Stadt.
Der Fürst sieht auf einen Blick, was geschehen ist.
Den Hitzkopf Tybalt kennt er nur zu gut.
Und ihm ist klar, dass Romeo den Tod seines Freundes vergelten musste.
Vom Krieg zwischen den Montagues und Capulets hat er endgültig genug.
Der Fürst beschließt, dass Romeo aus Verona weg muss.
Vielleicht hat dieser ewige Streit dann ein Ende, denkt er.

Zu Romeo sagt er: „Du bist ein Mörder.
Aber ich weiß, dass Tybalt angefangen hat.
Und dass du keine andere Wahl hattest.
Mercutio war dein Freund."
Romeo nickt.
„Trotzdem muss ich dich bestrafen", fährt der Fürst fort.
„Ich habe genug von den Streitereien der Montagues und Capulets.
Zur Strafe verbanne ich dich aus Verona.
Du darfst die Stadt niemals wieder betreten."

Romeo wird festgenommen und abgeführt.

Es kommt noch schlimmer

Von der Amme erfährt Julia, was geschehen ist.
„Wie schrecklich!“, ruft Julia.
„Mein lieber Vetter ist tot.
Mein geliebter Romeo muss Verona verlassen.
Und mein Täubchen ist heute Nacht weggeflogen.“

Aber es kommt noch schlimmer.
Kurz darauf betritt Julias Vater ihr Zimmer.
„Du heiratest in zwei Wochen“, sagt er zu Julia.
„Ich habe den Dienern gesagt, sie sollen alles vorbereiten.
Und du suchst mit deiner Mutter ein Brautkleid aus.“

Er glaubt, dass er Julia damit glücklich macht.
Stattdessen bricht sie in Tränen aus.
„Oh nein“, ruft sie erschrocken.
Der Vater schaut erstaunt auf.
„Warum willst du nicht heiraten?“, fragt er.
„Ich bin noch zu jung“, antwortet Julia.
„Und heute wurde mein Vetter getötet.
Ich kann jetzt nicht an Hochzeit denken.“

„Unsinn“, weist der Vater sie zurecht.
„Alles ist bereits vereinbart.
Du tust, was ich dir sage.“
Wütend verlässt er Julias Zimmer.

Ach hätte ich nur die Wahrheit erzählt, denkt Julia.
Hätte ich nur gesagt, dass ich schon verheiratet bin.
Aber jetzt ist es natürlich zu spät.
Sie erinnert sich an die vergangene Nacht.
Da war sie die Glücklichste auf der ganzen Welt.
Und heute?
Heute ist sie die Unglücklichste von allen.
Am liebsten würde sie in den Fluss springen.

Weg aus Verona

Romeo wird in die Kirche am Fluss gebracht.
Er muss schnell aus Verona verschwinden.
Dafür soll der Priester sorgen.
Romeo sagt zu ihm: „Was soll ich weit weg von Verona? Julia ist mein Leben. Und Julia ist hier. Hätte Tybalt doch nur mich getötet, und nicht Mercutio. Das wäre für alle besser gewesen."

Der Priester wird böse, als er das hört.
„Sei froh, dass du noch lebst", sagt er.
„Alles kann gut werden.
Ich warte auf einen geeigneten Augenblick.
Dann werde ich es erzählen.
Dass ihr beiden verheiratet seid.
Ich werde sagen, dass ihr auf Frieden gehofft habt.
Frieden zwischen den Familien Capulet und Montague.
Ich werde sagen, ihr habt gehofft, dass wieder Ruhe in Verona einkehrt.
Der Fürst und eure Väter werden froh sein.
Ich bin sicher, dass du dann wieder zurückkommen darfst."

„Hmm", meint Romeo nur.
Vielleicht hat der Priester ja recht.
Und wird alles wieder gut.

„Aber jetzt musst du erst einmal weg aus Verona“, fährt der Priester fort.
„Ich verspreche dir zu schreiben.
Jede Woche schicke ich einen Boten mit einem Brief.
Und ich lasse dich holen, sobald es geht.“

Romeo nickt zustimmend.
„Also gut. Ich gehe nach Mantua.
Dort wohnen Verwandte von mir, bei denen ich wohnen kann.
Aber erst werde ich von Julia Abschied nehmen.“
Doch der Priester schüttelt den Kopf.
„Das ist viel zu gefährlich.
Wenn du einem Capulet begegnest, bist du tot.
Dann siehst du Julia nie wieder.“

Eine Idee

Romeo ist soeben mit seinem Pferd weggeritten.
Hinaus aus der Stadt und nach Mantua.
Nachdenklich blickt der Priester über den Fluss.
Was für ein Elend müssen die beiden durchmachen!
Dann sieht er Julia.
„Ich muss mit Ihnen sprechen", sagt Julia.
Der Priester nickt:
„Komm, mein Kind."
Zusammen gehen sie in die Kirche.

Julia erzählt, dass sie Paris heiraten soll.
Aber das geht natürlich nicht.
Sie ist ja schon mit Romeo verheiratet.
„Was soll ich bloß tun?", schluchzt sie.
Der Priester seufzt.
Noch ein Problem.

Plötzlich hat er eine Idee.
Er gibt Julia ein kleines Fläschchen.
„Das musst du am Abend vor deiner Hochzeit trinken", sagt er.
„Es wird so aussehen, als wärst du tot.
Aber du fällst nur in einen tiefen Schlaf.
Deine Eltern werden dich zur Gruft bringen.
Nach 40 Stunden wirst du wieder erwachen.
Ich werde dafür sorgen, dass Romeo dann bei dir ist.

Er kann dich nach Mantua mitnehmen.
Dort könnt ihr erst einmal bleiben."

Julia betrachtet das blaue Fläschchen in ihrer Hand.
Sie hat ein wenig Angst.
„Ich weiß nicht, ob ich den Mut dazu habe", meint Julia.
Trotzdem steckt sie das Fläschchen ein.

Das geheimnisvolle Fläschchen

Es ist Abend.
Morgen soll Julia Paris heiraten.
Sie probiert das Brautkleid an.
Die Amme hilft ihr dabei.
Es dauert eine ganze Weile, bis alles sitzt.
So viele Bänder, Haken und Knöpfe.
Julia stellt sich vor den Spiegel.
Ihre alte Amme blickt sie voller Bewunderung an.
„Sie sehen aus wie ein Engel auf einem Gemälde."
Julia sieht tatsächlich wunderschön aus in dem Kleid.
Doch sie ist sehr blass im Gesicht.
Ihre Lippen sind farblos.

„Lass mich bitte allein", sagt Julia zur Amme.
„Ich bin müde. Ich werde mich ein bisschen hinlegen."
Die Amme verlässt das Zimmer.
Julia nimmt das Fläschchen, das ihr der Priester gegeben hat.
Das blaue Fläschchen mit dem geheimnisvollen Inhalt.

Julia setzt es ein paar Mal an die Lippen, trinkt aber nicht.
Sie zweifelt.

Was wird mit mir geschehen?
Vielleicht wache ich gar nicht mehr auf.
Und sterbe ich wirklich.
Aber wenn ich nicht sterbe, werde ich in der Gruft wach werden.
Dort, wo alle toten Capulets liegen.
Auch Tybalt ist dort bestattet.
Es ist eine schreckliche Idee!
Lebend in der Gruft zu liegen!

Doch dann denkt sie an Romeo. Und an Paris.
Wenn sie jetzt nicht trinkt ...
Dann muss sie morgen Paris heiraten.
Und sie wird Romeo nie wiedersehen.
In die Kirche kann sie auch nicht mehr.
Denn wenn sie morgen heiratet, ist sie zweimal verheiratet.
Und das darf einfach nicht sein.

Tapfer führt sie das blaue Fläschchen zum Mund.
Mit einem einzigen Schluck trinkt sie es aus.
Julia sinkt auf ihr Bett.
So findet die Mutter sie am nächsten Morgen.
Tot, in ihrem schönen, weißen Brautkleid.

Der Brief

Im Haus Capulet herrscht große Trauer.
Die arme Julia.
Gestorben am Abend vor ihrer Hochzeit.
Als Paris kommt, um seine Braut zu holen, weinen alle.
Julias Eltern, die ganze Familie, auch die Dienerschaft.
Alle sind sehr betrübt über Julias plötzlichen Tod.

Der Priester wird gerufen.
Als Einziger weiß er, dass Julia noch lebt.
Er würde die Familie so gerne trösten.
Doch er darf natürlich nichts sagen.
„Wir müssen Julia in die Gruft bringen“, sagt er.
„Zu den anderen Toten.“
Julias Eltern nicken.
Man ruft die Diener.
Sie tragen Julia zur Gruft der Capulets.
Dort wird sie auf Satin gebettet.

In der Zwischenzeit lässt der Priester einen Boten schicken.
Er soll Romeo einen Brief bringen.
Darin steht, dass Julia in der Gruft liegt.
Und dass sie nach 40 Stunden wieder aufwachen wird.

Romeo soll in der Gruft sein, wenn Julia erwacht.
Er soll sie nach Mantua mitnehmen.

Doch als der Bote in Mantua ankommt, ist Romeo nicht zu Hause.
Der Bote legt den Brief des Priesters auf Romeos Bett.
Dort wird er ihn später finden, denkt der Bote.
Und er macht sich auf den Heimweg nach Verona.

Romeo spaziert durch Mantua.
Ihm ist es langweilig.
Er hat Heimweh nach Verona. Und nach Julia.
Unterwegs trifft er einen Bekannten aus Verona.
„Hast du schon gehört?“, fragt er.
„Was denn?“, erkundigt sich Romeo.
Plötzlich bekommt er Angst.
„Ist etwas mit Julia passiert?“, fragt er schnell.
„Sie ist tot“, antwortet der Bekannte.
„Am Abend vor ihrer Hochzeit ist sie gestorben.“

Romeo wird leichenblass.

Nach Verona

Romeo geht gar nicht erst nach Hause.
Sofort rennt er in den Stall und holt sein Pferd.
Er muss so schnell wie möglich nach Verona.
Es ist ihm egal, dass er die Stadt eigentlich nicht betreten darf.
Ihm ist auch egal, wenn sie ihn töten.

Romeo vermutet, dass Julia Gift genommen hat.
Damit sie Paris nicht heiraten muss.
„Hü!", ruft er seinem Pferd zu.
„Schneller, schneller!"
Romeo ist fest entschlossen: Wenn Julia tot ist, will er auch tot sein.
Dann wird er ebenfalls Gift nehmen.

Es ist nicht einfach, an Gift zu kommen.
Nur Apotheker können Gift herstellen.
Aber sie dürfen es nicht jedem verkaufen.
Romeo versucht es trotzdem.
Erst weigert sich der Apotheker.
Bis Romeo ihm viel Geld für das Gift bietet.
Der Apotheker ist kein reicher Mann. Er nimmt das Geld und gibt Romeo eine Flasche mit Gift.

Romeo reitet jetzt noch schneller.
„Lauf mein Pferd, so schnell wie der Wind!

Bring mich zu Julia.
Ich will neben ihr sterben. Bring mich zu ihr."

Das Pferd galoppiert schnell.
Doch nach Verona ist es weit.
Als Romeo in Verona ankommt, ist es schon dunkel.
Er führt das Pferd zum Fluss.
Dort kann es trinken, denn das Tier hat großen
Durst.
Dann geht Romeo zu Fuß zur Gruft der Capulets.

Streit auf dem Friedhof

Auch Paris ist auf dem Weg zur Gruft.
Er trägt einen Korb mit Blumenblättern.
Die will er über der toten Julia ausstreuen.
Er ist sehr traurig.
Sie hätte jetzt meine Frau sein können, denkt er.
Und sie hätte in meinem Bett liegen können.
Stattdessen liegt sie aufgebahrt in einer Gruft.
In ihrem Brautkleid.
Tränen strömen über sein Gesicht.

Plötzlich sieht er einen Mann in Richtung Gruft gehen. „He, was machst du hier?", ruft er.
Romeo dreht sich um.
Paris hat Romeo auf dem Ball der Capulets gesehen.
„Du elender Montague!", ruft Paris wütend.
„Was suchst du in der Gruft der Capulets?"

Paris denkt natürlich, dass Romeo Böses im Sinn hat.
Er weiß nicht, dass Romeo ebenfalls Julia liebt.
Paris zieht sein Schwert und geht auf Romeo los.
Dieser ruft: „Nein, warte! Ich bin nicht dein Feind."
Doch Paris glaubt ihm kein Wort.
Romeo bleibt nichts anderes übrig, als auch das Schwert zu ziehen.
Einige Sekunden später fällt Paris leblos zu Boden.

Romeo schaut auf den Leichnam.
„In ein paar Minuten bin ich auch tot, Paris.
Aber erst möchte ich Julia ein letztes Mal sehen.
Zum allerletzten Mal."
Er wirft sein Schwert weg und betritt die Gruft.
In der Hand hält er das Fläschchen mit dem Gift.

Neben Julias Totenbahre brennt eine Kerze.
Ihr Licht weist Romeo den Weg durch die Dunkelheit.
Die tote Julia ist auf Tücher aus weißem Satin gebettet.
Sie sieht bezaubernd aus.
Romeo kniet vor ihr nieder und öffnet die Flasche.

Leb wohl

Sanft streicht Romeo über Julias Wangen.
„Leb wohl, meine Liebste“, sagt er leise.
„In diesem Leben waren wir nur eine Nacht zusammen.
Im nächsten Leben werden wir für immer zusammen sein.
Leb wohl, meine Liebste, meine schöne Julia.
Ich sterbe für dich.“
Zum letzten Mal küsst Romeo ihre Lippen.
Dann setzt er die Flasche an den Mund und trinkt.

Romeo weiß, dass er nicht gleich sterben wird.
Es dauert eine Weile, bis das Gift wirkt.
Vorsichtig legt er sich neben Julia.
Er umarmt sie und legt den Kopf an ihre Schulter.
Langsam fallen ihm die Augen zu.

Kurz darauf erwacht Julia.
Sie schaudert. In der Dunkelheit kann sie kaum etwas erkennen.
Die Kerze neben ihrer Totenbahre wirft einen schwachen Schein.
Wo bin ich, denkt Julia. Was ist geschehen?
Sie erkennt das Brautkleid.
Da erinnert sie sich an alles.
Sie ist in der Gruft aus dem eigenen Tod erwacht.

Julia versucht sich aufzurichten.
In diesem Moment bemerkt sie Romeo.
Sie schaut ihren Geliebten an und lächelt.
Im Kerzenschein sieht er wunderbar aus.
„Romeo“, flüstert sie. „Romeo, wache auf.“
Sie schiebt seinen Arm weg und kniet sich hin.
„Romeo, wache auf. Unser Plan hat funktioniert!“
Sie fährt mit der Hand durch sein Haar und küsst ihn auf den Mund.

Auf einmal spürt sie ein Brennen auf den Lippen.
Als ob sie etwas Scharfes gegessen habe.
Erstaunt befühlt Julia ihre Lippen.
„Romeo“, flüstert sie wieder.
Sie schüttelt ihn an den Schultern.
Romeo rollt leblos zur Seite.
Ein Fläschchen fällt aus seiner Hand.
Es zerbricht auf dem steinernen Boden.
Nun begreift Julia, dass ihr Geliebter tot ist.

Füreinander sterben

Sie wirft sich weinend auf den toten Romeo.
„Oh mein Romeo“, schluchzt sie.
„Du wolltest sterben, damit wir immer zusammen sein können.
Aus Liebe zu mir hast du das brennende Gift getrunken.
Mein geliebter Romeo.
Warum muss unsere Liebe so unglücklich enden?
Wieso durften wir uns nicht lieben?
Wir hatten doch nichts mit dem Streit unserer Eltern zu tun.
Warum durften wir nur eine Nacht zusammen sein?“

Julia wischt sich die Tränen aus den Augen.
Sie betrachtet ihren toten Geliebten im Kerzenschein.
„Ich habe keine andere Wahl, mein Liebster“, flüstert sie.
Sie berührt Romeos blaue Lippen.
„Ohne dich kann ich nicht leben.
Genauso, wie du nicht ohne mich leben konntest.
Ich wollte, ich könnte auch aus deinem Fläschchen trinken.
Dann würde ich das Gift in meinem Mund spüren.
In meinem Magen, in meinem Bauch.

Ich würde mich über den brennenden Schmerz freuen.
Denn der Schmerz bringt mich dem Tod näher.
Und er bringt mich dir näher, mein Geliebter."

Zum letzten Mal streicht Julia über Romeos Gesicht.
Sie küsst ihn auf den Mund.
Dann greift sie nach dem Messer, das an Romeos Gürtel hängt.
Das scharfe Messer blitzt im Schein der Kerze.
Julia schaudert.
Sie denkt an ihre Eltern, an Paris, an ihre Verwandten.
Alle werden traurig sein.
Doch dann richtet sie sich auf.
„Du bist für mich gestorben.
Nun sterbe ich für dich."

Julia stößt sich das Messer in die Brust.

Drei Tote

Inzwischen macht sich der Priester große Sorgen.
Der Bote ist zurückgekommen.
Er erzählt, dass er Romeo den Brief nicht selbst geben konnte.
Und dass in Verona alle schon von Julias Tod wissen.
Romeo muss es auch gehört haben.

Ich werde bei der Gruft nachsehen, denkt der Priester.
Vielleicht ist Romeo dorthin gegangen.
Dann kann ich ihm sagen, dass Julia nur schläft.
Und dass sie schon bald wieder aufwachen wird.

Auf dem Weg zur Gruft sieht er erst den toten Paris.
Er erschrickt und läuft rasch in die Gruft.
Dort sieht er Romeo und Julia.
Sie liegen beide auf der mit Satin bedeckten Totenbahre.
Wie Braut und Bräutigam in der Hochzeitsnacht.

Sie werden gleich aufwachen, denkt der Priester.
Sie sind natürlich todmüde.
Nach allem, was passiert ist.
Der Priester setzt sich neben die Bahre.
Draußen wird es langsam Tag.
Auch in der Gruft wird es heller.

Der Priester betrachtet die Liebenden.
Ein wunderschönes Paar.
Da entdeckt er das Blut auf Julias weißem Kleid.
Und auf dem Boden liegt ein Messer!
Ihm treten die Tränen in die Augen.
Julia tot?
Er schaut sich Romeo genauer an.
Seine Lippen sind blau.
Romeo auch?

Der Priester steht auf und sieht das zerbrochene Fläschchen.
Plötzlich wird ihm alles klar.
Sie wollten nicht ohne den anderen leben.
Lieber wollten beide tot sein.

Mit gesenktem Kopf verlässt der Priester die Gruft.
Er muss die schlechte Nachricht überbringen:
Romeos Eltern, Julias Eltern und den Eltern von Paris.

Frieden

Auf dem Marktplatz von Verona stehen zwei große Statuen aus Gold.
Eine stellt Julia dar.
Die Familie Montague hat die Statue anfertigen lassen.
Für Julia, weil sie ihren Sohn Romeo so sehr liebte.
Die andere Statue stellt Romeo dar.
Sie entstand im Auftrag der Familie Capulet.
Dafür, dass Romeo ihre Tochter Julia so sehr liebte.

Die beiden Familien haben ihren Streit begraben.
Sie schämten sich, als sie ihre toten Kinder sahen.
Weil sie Feinde waren, sind Romeo und Julia jetzt tot. Das hatte niemand gewollt.
Deshalb haben die beiden Familien Frieden geschlossen.
Für ihre Kinder war es zu spät.
Aber sie haben Romeo und Julia in dasselbe Grab gelegt. Damit sie zumindest im Tod beieinander sein können.

Julias Amme besucht das Grab jeden Tag.
Sie bringt Blumen und erzählt eine Geschichte:
„Eure Liebe dauerte nicht lange“, sagt sie.
„Und sie fand ein trauriges Ende.“
Sie hält inne, um ihre Tränen wegzuwischen.

„Und dennoch gibt es eine Liebesgeschichte, die noch trauriger ist.
Das ist die Geschichte von Pyramus und Thisbe.
Denn Pyramus und Thisbe hatten sich nur mit Worten geliebt.
Sie sind gestorben, ohne die wahre Liebe zu kennen.
Ohne das Bett geteilt zu haben.
Sie sind niemals eins gewesen.
Aber ihr habt zumindest eine gemeinsame Nacht erlebt. Sie macht das ganze Elend weniger schlimm.
Diese eine Nacht macht das Leben lebenswert."

Zum Abschied legt die alte Amme zwei Rosen auf das Grab. Dann macht sie sich auf den Heimweg.
Zurück in das blaue Haus mit den weißen Fensterläden.

Wörterliste

Seite 14: Ball
Ein Ball ist ein großes Tanzfest für eingeladene Gäste. Alle Gäste sind festlich gekleidet.

Seite 16: Anstandsdame
Eine Anstandsdame begleitet ein junges Mädchen außerhalb des eigenen Hauses. Die Anstandsdame passt auf, dass dem Mädchen nichts geschieht.

Seite 16: Amme
Wenn bei reichen Leuten ein Kind geboren wird, kommt eine Amme. Diese Frau gibt dem Baby die Brust und versorgt es. Viele Ammen sind auch später als Dienstmädchen für dieses Kind zuständig. Das ist auch bei Julia so.

Seite 18: Fräulein
Ein Fräulein ist eine junge Frau, die nicht verheiratet ist. Bei vornehmen Leuten sagen die Diener und Dienerinnen zu der Tochter der Familie auch Fräulein.

Seite 19: Gong
Ein Gong ist eine runde Metallscheibe. Man kann mit einem Stock auf diese Scheibe schlagen. Dann hört man einen lauten Ton. Wie bei einer Türklingel.

Seite 23: Dienerschaft
Die Dienerschaft sind alle Diener und Dienerinnen einer reichen Familie.

Seite 26: Kutsche
Die Kutsche ist ein Wagen, der von Pferden gezogen wird.

Seite 26: Palast
Palast ist ein anderes Wort für ein Schloss.

Seite 26: Fackel
Eine Fackel ist ein Holzstab mit einer brennbaren Schicht am oberen Ende. Fackeln sind größer als Kerzen und leuchten heller.

Seite 27: Diadem
Ein Diadem ist eine Art Krone. Diademe sind oft aus Gold, Silber und kostbaren Steinen gemacht.

Seite 27: Schleier
Ein Schleier ist ein dünnes Tuch. Frauen bedecken damit den Kopf.

Seite 27: Dekolleté
Damenkleider haben manchmal einen tiefen Ausschnitt am Hals. Dekolleté ist das französische Wort für so einen Halsausschnitt.

Seite 32: Um ihre Hand anhalten
Der Vater eines jungen Mannes geht zu den Eltern eines Mädchens und fragt, ob sein Sohn ihre Tochter heiraten darf.
Heute spricht man von einem „Heiratsantrag“.

Seite 35: Kutscher
Ein Kutscher lenkt die Pferde, die eine Kutsche ziehen. Der Kutscher sitzt vorne auf einer Kutsche.

Seite 36: Gurren
Gurren ist ein Geräusch, das Tauben machen.

Seite 38: Maske
Eine Maske wird vor den Augen oder vor dem Gesicht getragen. Man sieht dann anders aus. Masken sind zum Beispiel aus Pappe, Leder oder Holz.

Seite 40: Paris
Es gibt einige Mädchen, die Paris heißen. Und auch die Hauptstadt von Frankreich heißt Paris. Hier in dem Buch ist Paris der Vorname eines jungen Mannes.

Seite 45: Leibwäsche
Leibwäsche ist ein anderes Wort für Unterwäsche.

Seite 47: Verbeugen
Beim Verbeugen neigt man den Oberkörper nach vorn. Damit zeigt man dem anderen, dass man ihn schätzt. Oder dass man ihm dankbar ist.

Seite 49: Hauchen
Ein anderes Wort für flüstern.

Seite 53: Brüstung
Eine Brüstung ist eine niedrige Mauer. Sie sorgt dafür, dass man nicht hinunterfällt. Es ist eine Art Geländer an Balkonen und Brücken.

Seite 53: Versprochen
Julias Vater hat Paris gesagt, dass er seine Tochter heiraten darf.

Seite 57: In Ohnmacht fallen
Wenn man in Ohnmacht fällt, wird man bewusstlos.

Seite 61: Vermählung
Vermählung ist ein anderes Wort für Hochzeit.

Seite 66: Hitzkopf
Ein Hitzkopf ist ein Mensch, der sich schnell aufregt und dann dumme Dinge macht.

Seite 66: Vergelten
Vergelten bedeutet bestrafen oder rächen.

Seite 67: Verbannen
Jemand wird aus der Stadt weggeschickt und darf nicht mehr zurückkommen.

Seite 71: Bote
Ein Bote ist jemand, der im Auftrag eines anderen etwas bringt, zum Beispiel einen Brief. Boten sind oft mit einem Pferd unterwegs.

Seite 72: Gruft
Die Gruft ist ein Raum, den man als Grab für Tote verwendet. Eine Gruft befindet sich meist unter der Erde oder in einer Art Keller.

Seite 75: Bestatten
Tote werden auf dem Friedhof oder in einer Gruft bestattet. Das heißt, sie werden dort beerdigt.

Seite 76: Satin
Edler Stoff mit einer glatten, glänzenden Oberfläche.

Seite 80: Aufgebahrt
Ein Toter wird so hingelegt, dass man ihn gut sehen kann.

Seite 81: Totenbahre
Eine Totenbahre ist eine Art Bett, auf das die Tote gelegt wird.